ムラチュー記者《きしゃ》の写真《しゃしん》

ムラチュー記者《きしゃ》のお手本!

カエルの写真《しゃしん》をじょうずにとる方法《ほうほう》を教えてほしいという投《とう》書《しょ》がありました。たぶん、飼《か》っているカエルだと思うので、そのつもりで回答します。

ずばり、たくさんとることとです。カメラをかまえる位置《いち》をかえたり、とる時間帯《じかんたい》、動《うご》いているとき、休んでいるときなど、機会《きかい》のあるごとにシャッターをおしましょう。

ゆずります。

メダカがふえました。先《せん》着《ちゃく》十人まで、ひとり五匹《ひき》ずつゆずります。土曜日の放《ほう》課後《かご》、ビオトープ前に水そうを持《も》ってきてください。

（四年三組　大前健太《おおまえけんた》）

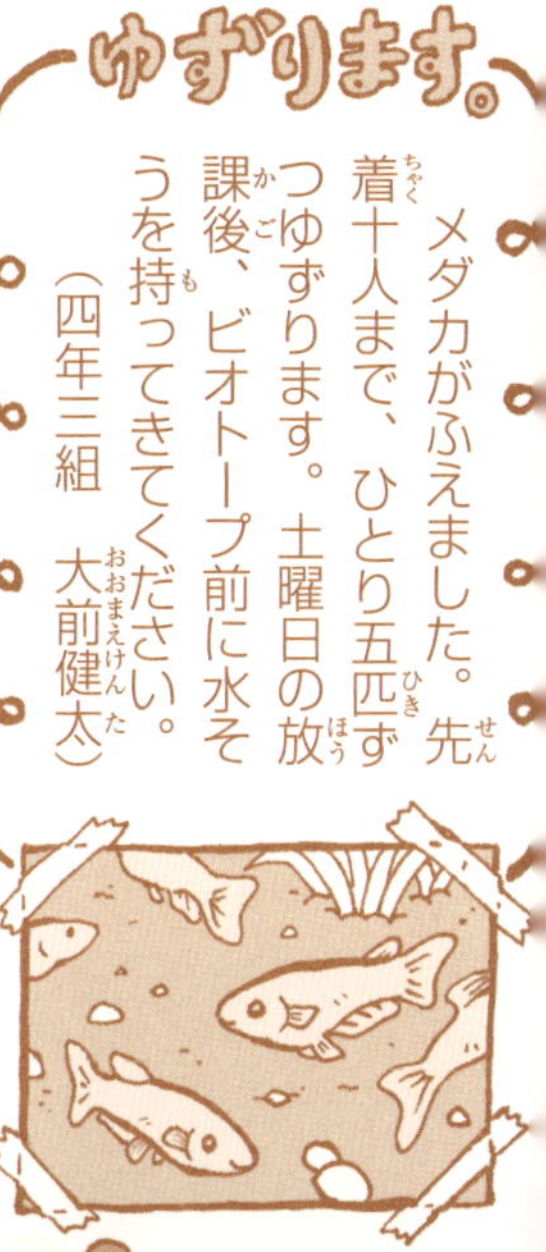

編集部《へんしゅうぶ》から!

近いうちに、「ペットじまん」特集《とくしゅう》を組む予定《よてい》です。「うちの子かわいいよ!」という生きものを飼《か》っている人は、写真《しゃしん》もそえて、編集《へんしゅう》部《ぶ》へ。しめきりは今月いっぱい、掲載《けいさい》は来月初《はじ》めを予定《てい》しています。どしどし応《おう》募《ぼ》してね!

百川《モモンガ》小学校ミステリー新聞

なぞのチョコレート事件《じけん》

谷本雄治 作

やないふみえ 絵

ここはモモンガ小学校。
正式名《せいしきめい》は「百川《ももかわ》小学校」だが、そうよぶ子はひとりもいない。
『モモンガ新聞』をはりだす「生きものハウス」の近《ちか》くで取材《しゅざい》をするのは……。

クマグス
本名、熊田《くまだ》すぐる。
生きもののことをよく知《し》っている。
行動力《こうどうりょく》があるが、ちょいとそそっかしい。

『モモンガ新聞』は、この「ハウス」の
かべにはる、たった一部《ぶ》の「かべ新聞」だ。
その新聞の編集部《へんしゅうぶ》から
とつぜん、さけび声が——。

おいらはすぐにかけつけたが、
松《まつ》の木のあたりにはいない。
そこへ二人がやってきて――。

編集部《へんしゅうぶ》からは遠《とお》すぎて、大きくとれなかった。それに、すぐ飛《と》んでいっちゃって……

そこへやってきたのは……。

やあ、記者《きしゃ》しょくん。その鳥って、こんな形かね？

ムラチュー
本名、村中《むらなか》わたる。おっとりしたカメラマン。歯医者《はいしゃ》の息子《むすこ》で、図かんや資料《しりょう》をたくさん持《も》っている。

モモンガ小学校の衣田《きぬた》校長だ。

このあたりから飛《と》んできたんだが……。松《まつ》の木にでも、ひっかかっていたのかねえ
えーっ、かさじゃないですか!? せっかくの特《とく》ダネがパーだわ！

衣田《きぬた》校長
古い理科室を『モモンガ新聞』の編集部《へんしゅうぶ》として使《つか》わせてくれたり、事件《じけん》を解《と》くために協力《きょうりょく》してくれたりする。ときどきなぞの発言《はつげん》をする。

さてさて、今回《こんかい》の事件《じけん》は……。

もくじ

なぞのチョコレート事《じ》件《けん》

二月にしては、あたたかい日の午後だった。
ムラチューと、次号《じごう》の『モモンガ新聞』を作っていた。
テーマはこうだ。
——野鳥にえさ台は必要《ひつよう》か？
モモンガ小学校では
冬の間だけ、
野鳥やリスのための
えさ台をおいている。
数年前はほんの数羽しか
集《あつ》まらなかったが、
最近《さいきん》は数もふえ、

木の実《み》を手から平気《へいき》で
食べるようになった。
「野山にえさがない年ならともかく、
毎年やるのはよくないよな」
「そうだよ。人間になれすぎるのはよくないよね」
　そんな話をしながらタイトルを書き、
えさ台にむらがる鳥やリスの写真《しゃしん》を
はりこんだ。もうすぐ完成《かんせい》だ。
　そのときだった。
「たいへんだよー!」
おっ、ユッカだ、と思ったら……。

ドアをガラッとあけて
あらわれたのは、
一組のまゆちゃんだった。
「ユッカが
犯人《はんにん》にされちゃうよー！」

はあ？
なにいってんだ、こいつ。
ムラチューと、
顔を見あわせた。
「とにかく、
調《ちょう》理《り》室《しつ》にきて！」
まゆちゃんが、
声をはりあげた。

二階《かい》にある調理室《ちょうりしつ》には、
女子ばかり十数人が
集《あつ》まっていた。ユッカは、
その子たちにかこまれて、
こまりはてた顔をしている。
「だからあ、もう何度《ど》も
いったでしょ。
部屋《へや》にはだれも
入ってこなかった。
でも、あたしも、
なにもしてないって――」

「じゃあ、とうめい人間でもいるっていうの！」

へえ、ユッカみたいに気の強い子もいるんだなあ。

と思いながら、なに気なくユッカのうしろを見た。調理台《ちょうりだい》に、ぐちゃぐちゃになったチョコレートがある。

そういえば……。

おいらは、ユッカがバレンタインチョコづくりを取材《しゅざい》するために、ここへきたことを思いだした。

モモ小には、大学を出たばかりで独身《どくしん》の男の先生が二人いる。一人はスポーツ万能《ばんのう》のススム先生、もう一人は音楽学校を出たワタル先生だ。

男から見ると、色黒でスポーツマンのススム先生の方がだんぜん、カッコいい。それなのに女子には、細身《ほそみ》でちょっと

かげのあるワタル先生の方が人気がある。

そこでワタル先生に手づくりチョコをプレゼントしたいと思う女子が集《あつ》まり、うらみっこなしのクッキング勝負《しょうぶ》をすることになった。

それが……いったい、どうしたってんだ？

「どこのとうめい人間か知らんが、派手《はで》にやったもんだよなあ」

じょうだんのつもりでつい、いった。

するとユッカが、

「きちんとした取材《しゅざい》もしないで、それで記者《きしゃ》だといえるの！」

強気でいいかえすが、目じりのはしに少しだけ、
光るものが見えた。

あれっ。いつもとは
ようすがちがうなあ。

と思いなおすと――。
「そうだ。ふざけている
場合《ばあい》じゃないよ。
ユッカが犯人《はんにん》のわけ
ないんだから、
ぼくらで犯人《はんにん》を
さがしだそうよ！」
おーっ、ムラチューもかよ。
しかたがない。気合いを入れて、ユッカのうたがいを晴らすか。
おーし。
「おいらたちに、くわしく説明《せつめい》してくれよ」

集《あつ》まった子たちは
アーモンドやクルミ、
ブルーベリー、
干《ほ》しブドウなど
思い思いの
木の実《み》やくだものを
用意《ようい》して、
バレンタインチョコをつくった。
優勝者《ゆうしょうしゃ》を決《き》めるのは、
ワタル先生本人と
いうことにした。
ところが、
「だれかが一人で
よびにいくのは
よくない」という
意見《いけん》が出て、チョコを
つくっていないユッカだけを残《のこ》し、
そろって職員室《しょくいんしつ》に行ったという。
——そしたらチョコを、だれかがそんなふうにしたってわけだ
そう。あたしはこの調理台《ちょうりだい》で、紅茶《こうちゃ》の用意《ようい》をしていたの。ところがみんながもどってきて、さわぐものだから、うしろをふりむいたら……見てのとおりよ

部屋《へや》をざっと見まわした。

まどはしまっている。しかも二階《かい》にある部屋《へや》だ。階段《かいだん》を下り、ろうかのつきあたりにある職員室《しょくいんしつ》に行って帰ってくる五分の間に外からしのびこんでチョコをあらし、にげだすのはむずかしい。

だけど、待《ま》てよ。

もともと、かくれていたとしたら……

すがたが見えなかったとしたら……。

そう思ったとたん、せなかになにかの気配《けはい》を感じた。

さっと、うしろをふりかえった。でも、だれもいない。

とうめい人間は見えなくて当たり前だと思いなおし、見えないならさわってやろうと手をふりまわした。

しかし、なんの手ごたえもない。

気がつくと全員《ぜんいん》が、
「なにやってんの、この子——」と
けいべつした目でおいらを
見ていた。
マズい空気……。
「えーと、犯人《はんにん》はどこかから、
この部屋《へや》に入ったわけだが
……うーん、なかなか手ごわいやつだぞ」
あわてて、思いきりむずかしい表情《ひょうじょう》を
つくった。間に合わなかったとは思うけど。
と、そのとき——。

「……ユッカだってワタル先生が好《す》きなのに、料《りょう》理《り》が下《へ》手《た》だから、ねたんでこんなこと、したんじゃないの」

だれかが小声で話すのが聞こえた。

「自分でつくる弁《べん》当《とう》の日」に持《も》ってきたユッカのたまご焼《や》きをつまんだが、たしかに料《りょう》理《り》とはいえないない味《あじ》だった。

イケメンにも弱いし……。

ん？　みんなでよびにいったはずのワタル先生がこの場にいないのはなぜだ!?

おいらは、重要《じゅうよう》な見おとしに
気がついた。もしかしたら、
女子の勝手《かって》な計画《けいかく》に腹《はら》を立てた
ワタル先生がなにか細工《さいく》を
したのではないかと思ったからだ。
するとだれかがいった。
「〝これからコンサートなんだ。
もしつくりなおすなら、
チョコっとだけ、あしたいただくかな〟
なんて、先生もあんがいよね」
うーん。となると、ワタル先生は無実《むじつ》だ。

ともかく、まずはチョコの調査《ちょうさ》だ。
ひとりで何種類《しゅるい》もつくったのか、
その数は参加者《さんかしゃ》よりもずっと多かった。
クルミをそのままのせたものが
あれば、細《こま》かくきざんで散《ち》らした
ものがある。
ホワイトチョコの上に、
アーモンドを王冠《おうかん》のようにならべた
もの、二まいの板《いた》チョコの間に
生クリームでブルーベリーを
はさんだものもあった。

それに、一口サイズのハート型《がた》、
手からはみだすビッグな星型《がた》まで、
大きさも形もさまざまだ。
おいらは指《ゆび》を組んで、おでこに当てた。それからゆっくり、
トントントントンとたたいた。こうすると、ヒラメキがあるのだ。
と——。

「ピロローン！　ひらめいたー！」
みんながいっせいに、おいらを見た。
「なにかわかった？」
「よく見な。とうめい人間のねらいは、クルミやアーモンドをのせたチョコだ！」

木の実《み》がのっていたチョコは、木の実《み》だけ消《き》えていたり、床《ゆか》にころがっていたりした。

「とうめい人間だとしても、小学生が先生のために作るチョコの木の実《み》を、危険《きけん》をおかしてまでぬすむかなあ？」

うーん。ムラチューのいうとおりだ。

ユッカがいた位置《いち》から、ドアは見えない。だが、あのユッカが、ドアのあく音を聞きのがすはずがない。まるで、頭のうしろにも目があるくらい敏感《びんかん》だからな。

だとしたら……。

次は、この部屋《へや》そのものだ。
よくさがせば、どこかに
手がかりがあるにちがいない。
調理台《ちょうりだい》やガス台の下を
のぞいた。
かくれるスペースはない。
戸だなもひとつずつあけ、
冷蔵庫《れいぞうこ》の中も点検《てんけん》した。
しかし、食器《しょっき》や調味料《ちょうみりょう》などが
入っているだけで、あやしい
ところはなかった。

つまり、前もってかくれるのは
むずかしい。
だが、はしごかロープでも
使わないと、この二階《かい》の
まどからはしのびこめない。
冬の教室では、いつもまどにかぎをかけている。
うーん。
おいらはもう一度《ど》指《ゆび》を組み、おでこに当てて、
トントンとたたきながら、調理室《ちょうりしつ》を歩いた。
どこからか、つめたい風が入ってきた。
——ん?

「なるへそ。ピロローンだ！　そこんとこ、よーく見てみな！」
おいらは、部屋《へや》のすみにむけてつきだしたひとさし指《ゆび》を
ピタッと止めた。
これ、カッコいいじゃん。

冷気《れいき》を感《かん》じたのは、西かどのまどだった。チョコがならぶつくえにいちばん近く、紅茶《こうちゃ》をいれるユッカには見にくい位置《いち》だ。

「まどがすこしあいてるわ。だけど、かぎがあいていたとしても、二階《かい》のまどから出入りするわけないよね」

せっかくの発見《はっけん》を、ユッカがみずから否定《ひてい》した。

そのときだ。

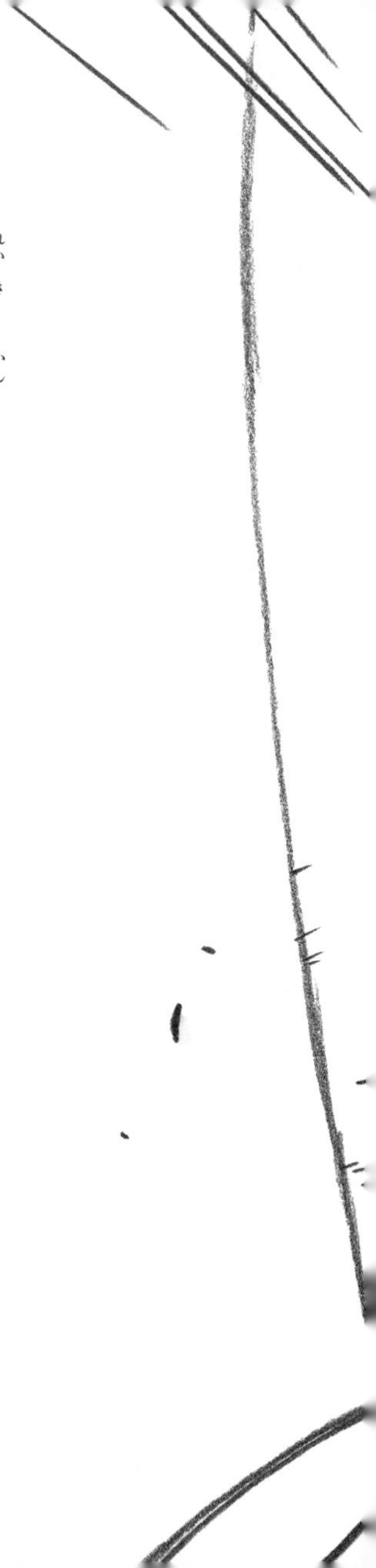

「そこ……三組のともちゃんと
えみちゃんが昼休みに外を
のぞいていたまどよ。
わたし、材料《ざいりょう》を
はこんだときに見たわ」
「やっぱり、
しめわすれただけよ……」
ユッカが、がっかりしたように
いった。
「その子たち、なにを
見てたんだろうね」

ムラチューがつぶやいた。
そうだよな、ここから
なにが見えるんだ?

まどをガラッとあけた。
真下《ました》に、えさ台がある。
となりには、大きな松《まつ》の木。
ここから手をのばせば
とどくところまでえだが
のびているが、
あの細さじゃ、子どもだって
ぶらさがれない。
　身をのりだして、
かべがわも見た。
特別《とくべつ》なしかけも、

はしごもロープも見あたらない。
やっぱり、なにもないよなあ。空飛《と》ぶとうめい人間なんて、
聞いたこともないしなあ……。
おいらはぼんやりと、まどの下の
地面《じめん》に目をやった。
——ん?
松《まつ》の木の根《ね》もとに、エビフライみたいな
ものがいくつもころがっている。
エビフライ?　給食《きゅうしょく》で出たっけか?
それにしても、ずいぶん小さいような……。
おいらは指《ゆび》を組んで、おでこに当てた。

「そうかあ、このなぞ、
とろりととけたぞ。
ピロローンだ！
真犯人《しんはんにん》がわかったぞー！」
いい気分、いい気分。
ちょうど下にいた
一組の哲也《てつや》に、
大声でたのんだ。
「おーい、てっちゃーん！
足もとのエビフライみたいなの、
持《も》ってきてくれよー！」

てっちゃんから受《う》けとったのは、
思ったとおりのものだった。
それを持《も》ってチョコのところに
行き、もう一度《ど》しっかり見た。
やっぱりな。
さっきは見のがしていた足もとに
証拠《しょうこ》があった。
よし、ここらで一発、決《き》めぜりふだ。
「犯人《はんにん》は、あのまどのすきまから入ってきて、
みんなのチョコをぐちゃぐちゃにした。証拠《しょうこ》も見つけた。
このチョコにもヒントがかくされている！」

そこまでいってから、クルミがトッピングされたチョコを
ひとつ手にして、まどに近づいた。

「よく見なよ。これから、犯人《はんにん》をさそいこむぜ！」

おいらはまどから、そーっと手をのばした。

「ほれー、ここにもあるぞー！」

そうさけんだ、そのときだ。

黒いかげが飛《と》びかかってきた。

「キャーッ!」

調理室《ちょうりしつ》に、さけび声がひびいた。

そいつはチョコの上の
クルミをかすめとると、
松《まつ》のえだにすばやく
飛《と》びうつった。
「え、え、えー!?」
おどろきの声——。
ひと呼吸《こきゅう》おいて、
「……リ、リス？」
自分に問《と》いかけるユッカ。

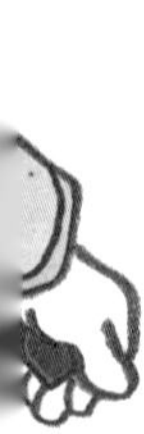

「もう、わかっただろ。このエビフライみたいなものは、
リスが食べた松《まつ》ぼっくりの芯《しん》の部分《ぶぶん》だ」

おいらはそれから、
チョコのところに行った。
「証拠《しょうこ》はここにもある！」

調理台《ちょうりだい》にならぶチョコの間に、
リスの足あとがかすかに残《のこ》っていた。

それを指《ゆび》でしめしてから、
近くにあった細い毛をつまんだ。

もちろん、リスが落《お》としたものだ。

「なるほどね。エビフライと木の実《み》、まどのすぐ近くまではりだした松《まつ》の木……証拠《しょうこ》は最初《さいしょ》から、ばっちりそろっていたんだ」

みんながポカンとする中で、ムラチューだけが納得《なっとく》した。

「つまり、こういうことだね。三組の子が、まどをきちんとしめなかった。えさ台に

通いなれているリスは、学校に
あるものはなんでも
食べていいと思っているから、
ユッカだけになった
この調理室《ちょうりしつ》に入ってきて、
大好《す》きなクルミとアーモンドを
つまんで外に出ていった……」
そのとおりだ。それにしても、
せっかくの見せ場をさらってくれるよなあ。
だけど、このことがわかったのは、ムラチューが
ユッカを信《しん》じていたからでもあるんだよな。

「ユッカ、ごめんね」

近くにいた子が数人、ユッカの手をにぎって、あやまった。

「わかればいいんだって！」

「あしたまた、つくりなおそ。こんどはユッカもいっしょにつくろうよ」

「うん。あたしのチョコが選《えら》ばれても知らないよっ！」

次の日。こんどは
つくり手として参加《さんか》している
ユッカの代《か》わりに、
おいらとムラチューが
チョコづくりを取材《しゅざい》した。
そのあと、写真《しゃしん》をとる
ムラチューをのこして、
三組のともちゃんたちに話を聞いた。
「あのリスちゃん、食べ方が
かわいいんだもん。だからつい、あげちゃったの」
これでウラもとれた。

「……だけどあいつら、野生の
生きもので、ペットじゃないんだ。
人間になれすぎるようにしたり、
手からえさを食べるような
〝餌《え》づけ〟をしたりしちゃ、
いけないんだぜ。最後《さいご》まで
めんどうみられないんだから、
冬のえさ台ぐらいのつきあいに
しとかないとな」
ついでに、リスや野鳥との
つきあい方についても注意《ちゅうい》した。

調理室《ちょうりしつ》にもどろうとすると、ユッカが
こちらに歩いてきた。
「あたしの手づくりチョコ！
もったいないけど、
モテない子にめぐんでやるわ。
ほらっ、手出しなよ！」
な、なんだよ。
顔を見た。
わらっているのか、
おこっているのか、
よくわからない。

でも、
なんとなく
ヤバそうな
ふんいきだよな。
おいらは思わずいった。
「餌《え》づけには反対《はんたい》だー！」

リスって
かわいいね。
毛も気持《きも》ち
よさそうだし
ん？　リスは
ネズミのなかまだ。
ネズミは苦手《にがて》じゃ
なったのか？

ニホンリス

- ホンドリスともいい、２０センチメートルぐらいの大きさ。
- ほぼ全国《ぜんこく》にいるが、九州《きゅうしゅう》では絶滅《ぜつめつ》が心配《しんぱい》されているらしい。
- 冬になると耳に長い毛が生えて、かわいらしくなる。

青のマジック

今回の『モモンガ新聞』は、
大ひょうばんになった。めずらしい生きものが、
学校の近くの沼《ぬま》で見つかったという記事《きじ》だ。

スクープ!!
おいてけ沼《ぬま》で
青いザリガニを発見《はっけん》!
モモンガ新聞
おしらせ
青いザリガニの
もくげき情報
求む!
沢田まで
運動会の
次の日は
お休み

先週の土曜日、「おいてけ沼《ぬま》」で青いザリガニが見つかった。発見《はっけん》したのは五年二組の佐野《さの》達也《たつや》くん。佐野《さの》くんは、「ザリガニは赤いと思っていたので、びっくりした」と話している。

青いザリガニは、げんかんでしばらく展示《てんじ》する。

この色のちがい!!
ふつうの赤ザリガニ
(ビオトープにてほかく)
ナゾの青ザリガニ
外来種《がいらいしゅ》?
とつぜんへんい?

なぜおいてけ沼《ぬま》に?!
緊急《きんきゅう》ザリガニ会議《かいぎ》!!
青ザリガニを佐野《さの》く
〈六年男子〉にげた?
この前のマンティ
〈五年男子〉外国の
沼は色を
〈二年女子〉はじめ
キレイ
色です

「なにをのんびりしているの！」
ユッカが大声を出した。
生きものハウスに
『モモンガ新聞』をはりだし、
編集部《へんしゅうぶ》にもどってすぐのことだ。
「えーっと、なんだっけ？」
ムラチューが
いつものように、
ちょいズレた
かんじで答えると、
「青いザリガニよ、

青ザリ！
あたしたちも見つけて、
《モモンガ新聞も
ゲット！》とかいう
記事《きじ》をのせたくないの⁉
珍品《ちんぴん》なんだよ！　しかも、
学校のすぐ近くの沼《ぬま》なんだよ！」
「二番手じゃあ、おいらの
プライドがゆるさないんだよな」
せいいっぱいのツッパリも、ユッカには通用しなかった。
「ぐずぐずいわない！　現場《げんば》、すぐ行く！」

沼《ぬま》への道みち——。
なんか気になるね、あの青ザリ。ほんとなのに、ほんとでないような……
ムラチューもそう思うのか

おいらは歩きながら指《ゆび》を組み、トントンとおでこをたたいた。するとすぐにひらめいた。
おっ、そうか。ピロローンだ！あいつは、絵《え》の具《ぐ》をぬったニセモノにちがいない！
うーん。だけど、絵《え》の具《ぐ》なら水に入ると、とけちゃわない？

そういわれれば、そうだ。しかし、ペンキみたいな油性《ゆせい》の塗料《とりょう》なら、だいじょうぶのような気もするし……。
と思っているとまたムラチューが、
図かんで見たヨーロッパの「ブルーマロン」なんかとは体型《たいけい》がちがうっていうのか……アメリカザリガニにそっくりというのか……

それな。おいらもちょい、気になってたんだ。だからやっぱり、ニセモノくさいんだよなあ
スルメをえさに、二時間ばかり、ねばった。しかし、約《やく》二十人のザリガニ・ハンターはだれも青ザリを見つけられなかった。

あくる日。ユッカは予想《よそう》どおり、大声をはりあげた。

しかし、青ザリがとれなかったことについてではなかった。

「第《だい》二号《ごう》、見つかったのよ！」

「えっ？　てか、きのうはだれも見つけられなかったぜ」

「だから、アンテナが低《ひく》いっていうの！

発見者《はっけんしゃ》はまた、佐野《さの》くん。

こんどはカッパ沼《ぬま》で見つけたそうよ」

「そんなのありかよー！」

こんな奇跡《きせき》が二度《ど》も、しかもまた佐野達也《さのたつや》に起《お》きるなんて。

く、くそーっ！

「ムラチュー、佐野《さの》んとこ行って、根《ね》ほり葉《は》ほり、聞いてこようぜ。ニセモノだったら、ゆるさねえからな！」

二組の教室に入ると、かべにはペタペタと、青いはり紙がしてあった。

来月初《はじ》め、全校《ぜんこう》のクラスを四つのたてわりにした運動会《うんどうかい》がある。そのシンボルカラーは赤、白、青、緑とあって、二組は青なのだ。

教室のうしろに、大きな人の輪《わ》ができていた。中心に、すっかりスター気取《きど》りの佐野《さの》がいる。

ろうかによびだした。さっそく、インタビューだ。

「おれさあ、予言《よげん》だと
思えてきたんだ」
「どういうこと？」
ムラチューがたずねると、
「二回つづけて青い
ザリガニだぜ。
しかも、おれたちの
シンボルカラーは青。
優勝《ゆうしょう》は青組って
いう気が
するんだよな」

インタビュー記事《きじ》は、次の『モモンガ新聞』にのせた。
するとまもなく、こんなふうにささやかれるようになった。

ふつうは
ありえないから、
神《かみ》のお告《つ》げかもね。

タコに
できるんだから、
ザリガニが
占《うらな》ってても
ふしぎじゃないさ。

青ザリがはさみでよく、V《ブイ》サインをつくっているらしいぜ。
青組

「ムラチュー、どう思う？」

ユッカがたずねた。

「よくわからない。でも、ぐうぜんすぎるような気もする」

記者《きしゃ》は中立《ちゅうりつ》でないといけない。でも青組が優勝《ゆうしょう》だなんて、赤組のおいらにとってはおもしろくない話だ。

ヤラセの証拠《しょうこ》さえつかめたら……。

「青ザリのV《ブイ》サイン、ぼくも見たよ。はさみの形がそうなんだから、ふつうの赤いアメザリだって、あれくらい朝めし前だよ！」

ムラチューもしずかな闘志《とうし》を燃《も》やしている。

「ニセモノのしっぽをつかんでやる！」

「だけど、想像《そうぞう》で記事《きじ》を書くわけにはいかないよ」

それはそうだ。でもやっぱり、おもしろくない。

「ちょいっと、聞きこみしてくらあ」

おいらは席《せき》を立って、ドアをあけた。

と――。

「おっとっとー」
衣田《きぬた》校長にぶつかりそうになった。
編集部《へんしゅうぶ》のとなりは校長室だから、
出入りするときによく、
こうなる。

「ん？　……それ、なんですか？」

校長先生は青いバラを一本、手にしていた。

「品種改良《ひんしゅかいりょう》した、夢《ゆめ》の花だよ。

めずらしいから、どこかに展示《てんじ》しようと思ってね」

品種改良《ひんしゅかいりょう》？　なんか、ひっかかるぞ。

おいらはすぐに指《ゆび》を組み、おでこをトントンたたいた。

すると、きたきたー！

「青っぽいザリガニを何代《だい》にもわたって品種改良《ひんしゅかいりょう》したら、青ザリができる！　ピロローンだ！」

校長先生、サンキューでした。ふふふ。どんなもんだい。

おいらは、すぐ部屋《へや》にもどり、二人に話した。

ところがムラチューは、

「だけど、ものすごい年数がかかるよ、たぶん」

するとユッカは、すごいことをいいだした。

「わかった！　あの二つの沼《ぬま》で、だれかがひそかに、

何年も前から品種《ひんしゅ》改良《かいりょう》の実験《じっけん》をしていたのよ。そして、しかけたのは……怪人《かいじん》ゴキカムリかも！」

おおーっ、そういう展開《てんかい》もありかよ。

ゴキカムリは、ときどきなぞの手紙を送《おく》ってくる正体不明《ふめい》の人物だ。

「だけど、品種改良《ひんしゅかいりょう》を沼《ぬま》でする？　ほかの生きものもいっぱい、いるんだよ。きちんと管理《かんり》できる研究室《けんきゅうしつ》でないとむずかしいよ」

ムラチューの意見《いけん》も、もっともだ。しかたなく、だまって写真《しゃしん》を見なおした。

あくる朝——。
「たいへん、たいへん、
たいへーん！」
ユッカがたいへんの三連発《れんぱつ》で、
教室に登場《とうじょう》した。手には、魚の
形をした青い紙を持《も》っている。
「ゴキカムリが、げんかんの
水そうにはりつけてた！」

「ゴキカムリがなんで？」
「もしかしたらきのう、
どこかであたしたちの
話を聞いてたんじゃない？」
「とにかく見てみようぜ」

あおたいざたりがたにのきゅうたしょくたは、
たまたたいにち、たまたぐろ。
みたずくさのたさらだもたそたえて。
でなくても化《ば》けられる。
――怪人《かいじん》ゴキカムリ

「どういう意味《いみ》だろうね」

「わかんねえ。〝さかな〟の形だから、〝さかさ〟にしろってことかもな」

ためしにひっくりかえしたが、やっぱり読めない。はっきりいって、お手上げだ。

「このパンダ、なによ。意味《いみ》ないわ。むしろ、じゃま！」

ユッカがはきすてた。

そのとき、ムラチューがさけんだ。

「それだ！」

「びっくりするじゃない。
それって、なによ」
「タヌキ――」
うん？　タヌキ？
「そうか。パンダじゃなくて、
〝た〟をぬいて読めという
サインの絵だったんだ！」

「うそ！　どう見たって、
パンダでしょ。それにいまどき、
小学生だってそんな手は
暗号《あんごう》に使《つか》わないわよ」

「まあまあ。――つまり、こういうことだね」

ムラチューがあらためて解説《かいせつ》してくれた。

「青ザリの給食《きゅうしょく》はマグロにしろ、水草のサラダも添《そ》えろ――ってことかなあ」

「いつもの挑戦状《ちょうせんじょう》とちがって、ヒントにもなってないじゃない」

「いや、待《ま》てよ。給食《きゅうしょく》ということは……青ザリに毎日、マグロを食わせろってことだ!」
「じゃあ水草も、サラダみたいに
食べさせろってことよね?」
「どちらも毒《どく》じゃないし、
青ザリの水そうにはまだ、
水しか入ってないし……」
「よし。しばらく、
そのとおりに
してみようぜ!」
ゴキカムリのやつ、
こんどはなにがねらいだ?

ニュースのない日が十日ほど
すぎた。
ゴキカムリの手紙もいたずらかと
思いはじめたころ――。
「たいへん、たいへんだよー!」
校庭《こうてい》のサクラの木にいるカメムシを
ムラチューと観察《かんさつ》していたとき、
ユッカがかけよってきた。

「どうかしたの？」
カメラのシャッターを
おすところだった
ムラチューが顔を上げると、
「青ザリ……。
とにかく、すぐきて！」
「なんだかわかんないけど、
とにかくいそごうぜ！」
あわてて、
げんかんに走った。

水そうは二つ。
それぞれに一ぴきずつ、
青ザリが入っていた。
ところがいま見ると、
二ひきずつにふえている。
「ね、世紀《せいき》のミステリーでしょ！」
ユッカが興奮《こうふん》していう。
ところがムラチューはめがねの
はしっこをおさえながら、
「脱皮《だっぴ》したんだあ」
いつものおっとりした

調子《ちょうし》で答えた。
　だが、それよりも、
もっとすごいネタが、
ここにはころがっていた。
おいらはちょっと
声を低《ひく》くしていった。
「いいか、よく見な」

どちらも、二ひきのうちの
一ぴきは中身《なかみ》のないザリガニ、
つまりぬけがらだった。
そしてもう一ぴきの体の色は
青ではなく、うっすらと
赤みがかっている。
「ゴキカムリのねらいは
これだったんだ。
マグロと水草を食べると
色が変《か》わること、つまり、この青ザリは二セモノだと
いうことを知ってて、おいらたちがいつ気づくか

ようすをうかがっていたんだ」

「えっ。どこ、どこにいるの……」

ユッカがきょろきょろしだした。

いつもならムラチューがやりそうなボケをかますユッカを無視《むし》して指《ゆび》を組み、トントンとおでこをたたいた。

どうしてこうなったのか、そのなぞがときたい。

そして――。

「ピロローン、ひらめいたりー！　マグロと水草にひみつがある！　青色を消《け》す、天然《てんねん》のなにかがふくまれているんだ！」

おいらは高らかに宣言《せんげん》した。

するとムラチューが、

「というか、ぎゃくじゃない？

赤くするなにかが
あるんじゃないかなあ」

「うーん、それもありかもな。

えーと、マグロは
赤身《あかみ》の魚だよなあ。

だから……赤い色素《しきそ》がある！」

「それだよ、きっと。赤身《あかみ》の魚を食べて
赤い色をたくわえたから、
脱皮《だっぴ》したときに赤くなれたんだ」
「じゃあ、サラダは
なんのためなのよ？」
「水草には、葉緑素《ようりょくそ》がある。
ザリガニの体は赤いといっても、
赤だけでできているんじゃない。
赤や緑《みどり》がまじった色なんだよ。
そうだよね、クマグス」
いまさらふられてもこまるけど、おいらは「おう」と答えた。

「ってことはつまり、青いザリガニをつくるには青い色素《しきそ》……もしかして、青魚を食べさせればいいってことよね？」

ユッカがめずらしく、さえたことをいった。

「うん。多分アジとかサバのさしみをね」

ムラチューがすかさず、説明《せつめい》をくわえた。

「じゃあ、佐野《さの》くん、そのことを知ってて、インチキをしたんだ。ゆるせない！」

ユッカがキレてしまった。

「でも、ウラをとらないと——」

「いまから、佐野《さの》くんにたしかめてくる！」

5月のおしらせ

佐野《さの》はあっさり、事実《じじつ》をみとめた。たまたま見ていたテレビでやり方を知り、小さなアメリカザリガニに青魚だけ食べさせたら青くなった。それでつい、いたずら心を起《お》こしたのだという。『モモンガ新聞』では、佐野《さの》のことはふせて、マグロと水草を食べたら青ザリが脱皮《だっぴ》後に赤くなったこと、その正体はアメザリだったことを記事《きじ》にした。

「それにしてもゴキカムリだ」

事件《じけん》がかたづいたら、無性《むしょう》に腹《はら》が立ってきた。おいらの
ヒラメキより先に、なぞをとくなんて、ゴキカムリはいったい、
なに者なんだ？
暗号《あんごう》の手紙やムラチューがとった写真《しゃしん》をつくえの上に
ならべて、指《ゆび》を組み、おでこに当ててトントンしようとした。
と、そのとき、だれかがドアをトントンたたいた。

「やあ、しょくん。青いザリガニが赤く変身《へんしん》したそうだね」

すがたを見せたのは、衣田《きぬた》校長だった。

「はい。トリックだったんです。モモンガ新聞の調査《ちょうさ》でわかりました！」

ユッカのやつ、よくいうよなあ。と——。

「そのタヌキの絵、かわいいね。だれかの手紙かね？」

校長先生が意外《いがい》なことをいった。

ユッカがすぐに反応《はんのう》した。
「それ、どう見ても
パンダじゃないですか」
「そうかね。わたしには
どう見てもタヌキにしか
見えないが……」
ん？　ちらっと見ただけで
タヌキだといえるか？
もしかして……！
すると――。

「校長先生、なにかご用があったんじゃないですか？」
それまでだまっていたムラチューが、
もっともなことをたずねた。
「そうそう。展示《てんじ》していたバラがかれたから、
編集部《へんしゅうぶ》にプレゼントしようと思ってね」
茶色いバラをさしだした。
「わー、すごい！　こんなにめずらしい
ドライフラワーをいただいていいんですか」
ユッカが体全体《ぜんたい》でよろこびをあらわした。
ほんとうに調子《ちょうし》がいいやつだ。
青いうちならともかく、そこらにある

かれたバラと変《か》わらないのに――。

　こんなヘンテコなプレゼントを持《も》ってくるなんて、校長先生もボケ系《けい》かも。とてもゴキカムリとは思えないや。

　とにかくいつか、正体をつきとめてやる！

　おいらはつくえの下で、こぶしをつくった。

冬の用水路《ようすいろ》にアメザリがうじゃうじゃいたってよ
ひょっとして、冬眠場所《とうみんばしょ》を探《さが》して集《あつ》まったのかな

アメリカザリガニ

・ウシガエルのえさにしようと輸入《ゆにゅう》したのがにげだしてふえ、日本中《にっぽんじゅう》に広《ひろ》がった。

・ザリガニつりにはスルメがいちばん。あつかいやすいし、よくつれる。

・飼《か》うときには、共食《ともぐ》いに注意《ちゅうい》。こわれた植木鉢《うえきばち》をかくれがにするといい。

さまようヒトダマ

「ここがいちばんのポイントなんだ」

日曜日の夕方。おいらはムラチューと、百川《ももかわ》の支流《しりゅう》の千川《せんかわ》へ魚つりに出かけた。

〝魚つるなら、朝まずめに夕まずめ〟――。

だれがいいだしたのか知らないが、つり好《ず》きには有名《ゆうめい》なことばだ。〝魚は朝早くと夕方によくつれる〟という意味《いみ》で、たしかにあたっている。えさの食いが日中とはまったくちがうのだ。

ムラチューが調《しら》べたところ、「間をつめる」というのが「まずめ」の

語源《ごげん》らしい。だいたい、朝日がのぼる前と、夕日がしずんでから夜になるまでの間のことだそうだ。

絶好《ぜっこう》の〝夕まずめ〟だからきょうは大漁《たいりょう》だぞ！　なんて考えながら、目の前に飛《と》んできたギンヤンマに見とれていると……。

「クマグス、ひいてる！」

「いっけねえ」

あわててさおを上げようとした、そのとき——。

わわ。
な、なんだ、あれ!?
……ヒ、
ヒトダマだあー!!

もうすぐ六時半というそのとき、青白く光る物体《ぶったい》が、ゆうれいのように空中をさまよっているのに気づいた。

うっ。こっちへくる！

と、とにかく、なにかしなきゃ。

おいらは、やっとのことで声にした。

「写《しゃ》、写真《しゃしん》とってくれー！」

ムラチューはオタオタしながらも、シャッターをおした。ヒトダマはそのうち、どこかへ飛《と》んでいった。

ムラチューのカメラマン魂《だましい》、すげー！

しかし、あとで画面《がめん》を見ると、もやみたいなものしかうつっていなかった。さわぎすぎたせいか、魚もみんな、にげてしまった。

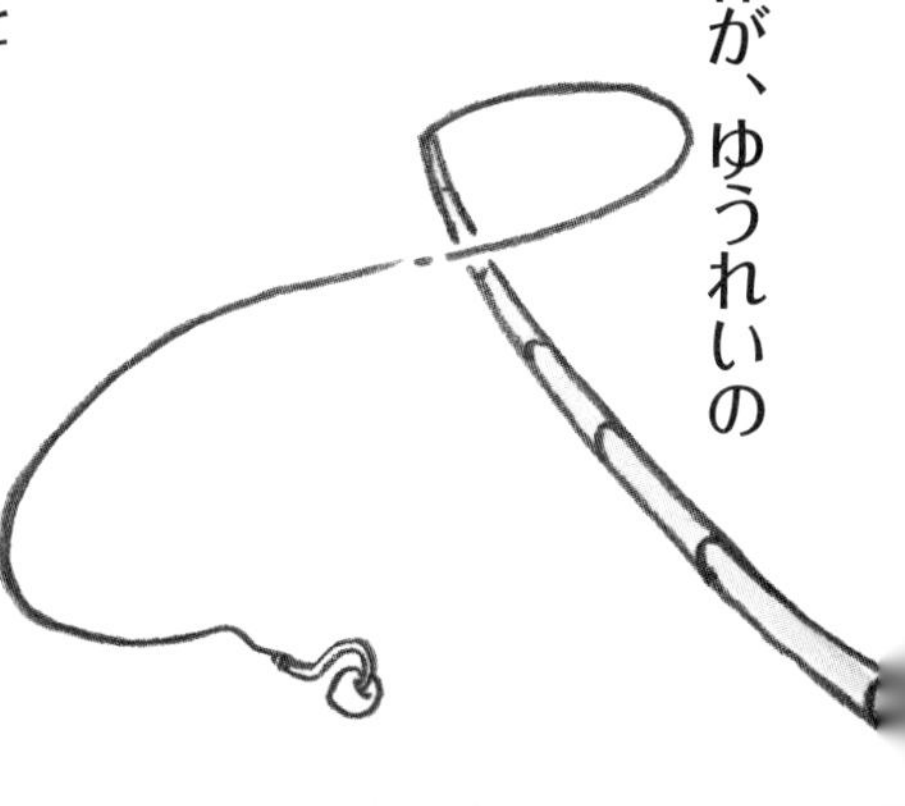

月曜日の朝――。
ユッカと顔を合わせてすぐ、
ヒトダマのことを報告《ほうこく》した。
「きのう、ヒトダマが出たんだ」
そこまでいうと、
「やっと、『モモンガ新聞』の
記者《きしゃ》らしくなってきたって
わけね。うん、上出来《じょうでき》！」
れれれ、なにか、
かんちがいしてないか？
おいらは知らないふりをして、

ムラチューといっしょに、
ユッカの話を聞いた。

それは、四組の伊野健太郎《いのけんたろう》の話だった。
ヒトダマがひんぱんに
あらわれて、
ねむれないという。
「うら庭《にわ》に出るんだって。
むしむしした日の
夕方六時半と
朝四時ごろ、二回も
あらわれるそうよ。
……クマグスの情報《じょうほう》はどう?」

その話は初耳《はつみみ》だが、知らないともいえない。

「おう。だいたい、そんなもんだ」

「そ、そうだね。時間もほとんど同じだし」

ムラチューにしてはうまく話を合わせたが、
ユッカのカンはするどかった。

「あんたたち、なにか、かくしてない？」

二人とも、首だけ大きく横《よこ》にふった。

「とにかく。学校おわったら、伊野《いの》くんちに集合《しゅうごう》よ」

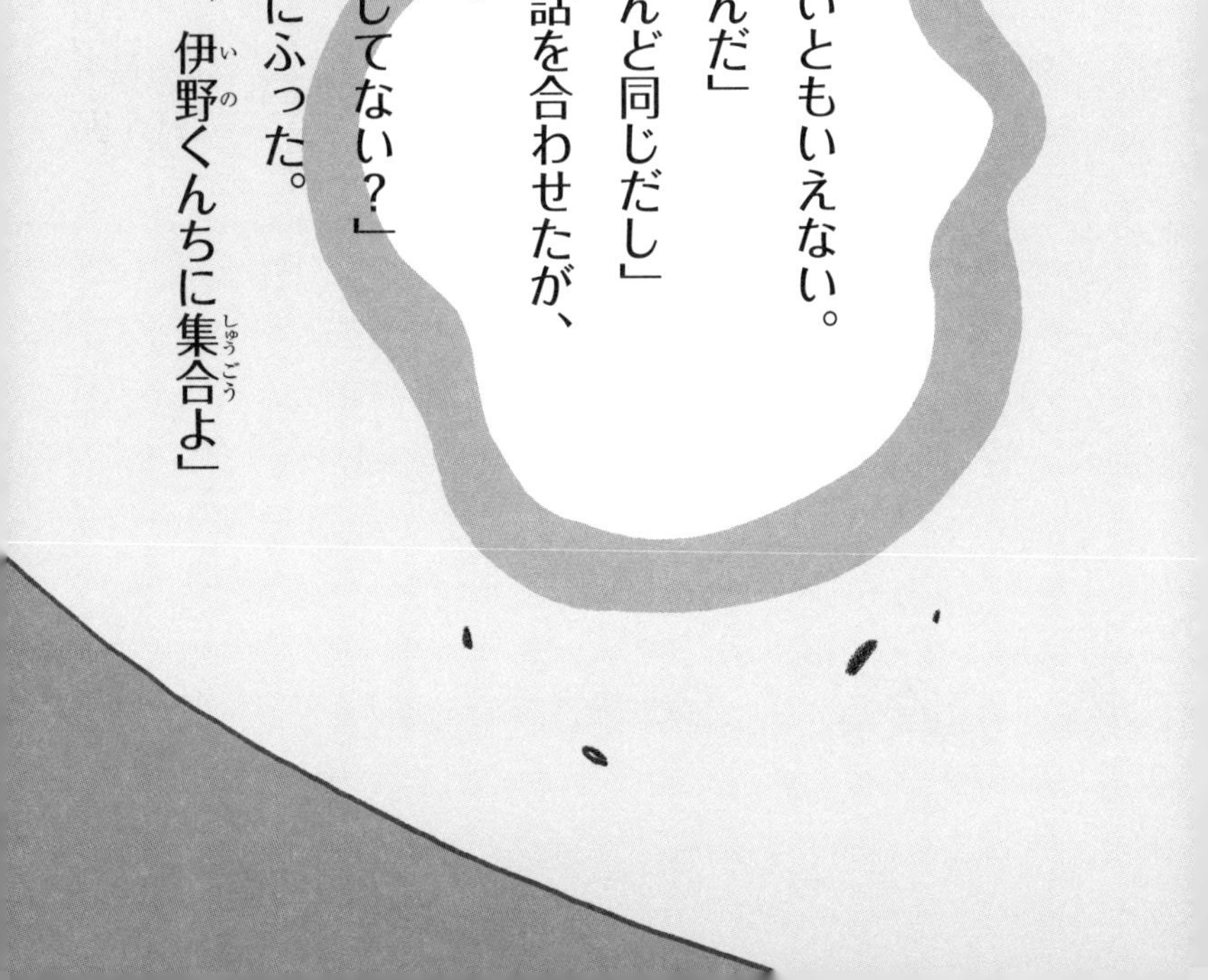

イノケンの部屋《へや》は、問題のうら庭《にわ》に面した一階《かい》だった。
まどをあけると、雑木林《ぞうきばやし》が目に飛《と》びこんできた。庭《にわ》のむこうはすぐ、げんこつ山だ。
左手にはボットン池。右手の先には、日曜日に魚つりをした千川《せんかわ》が流《なが》れている。ってことは、あのときのヒトダマはイノケンちから飛《と》んできたのか？
「……しかし、なんでヒトダマが

出るんだ？　最近《さいきん》、このへんで殺人事件《さつじんじけん》があったとか、ずっとむかし、このあたりで戦《いくさ》があったとか。

そんな話、聞いてないか？」

だれもが疑問《ぎもん》に思うことをまず、たずねた。

ところがイノケンは、

「そんなこわい話、聞いたことはないよ。

それに、去年《きょねん》までは出なかったし……」

となると、ほかのなにかが関係《かんけい》していそうだ。

次に、ムラチューが聞いた。

「えーと、去年《きょねん》までは、番犬が
追《お》っぱらってくれたんじゃない？」

イノケンがぼそりといった。

ううん、番犬にはならなかった。それにうちのジャンボ、ことしの冬に死《し》んじゃったんだ
あ、マヌケン!

そういってからユッカは、口をおさえた。ジャンボは、どろぼうにまでしっぽをふったという、学校でも評判《ひょうばん》の小型犬《こがたけん》だったからだ。

イノケンはおこらなかった。それどころか、かなしい顔をして、庭《にわ》のかたすみを指《ゆび》さした。

犬小屋《いぬごや》があったあのあたりに、あなをほってうめたんだ。さんぽ忘《わす》れちゃったこともあるし……もしかして、ジャンボが文句《もんく》をいいにきてるのかもしれないなあ
ジャンボのおはか

すると――。

それはちがうよ！ずっと前にぼくが飼《か》っていた犬も死《し》んじゃったけど、イノケンはジャンボをすごくかわいがっていたんだから、うらんで出てくることはないよ

じゃあさあ、なんで、ヒトダマがあらわれるのよ
ユッカはもう、考えることをやめようとしている。ここでおいらが、なにかいわなきゃな。そう思ったときだった。

「あれ……」
イノケンが庭《にわ》を指《ゆび》さし、
声をふるわせた。
「ヒ、ヒトダマー！」
ユッカは、
そういいながら
すばやく、おいらの
うしろにかくれた。
と思ったら、
せなかをつついて、
「つかまえるのよ」

うそだろ⁉

「そこ……そこに
魚とりあみが……！」
イノケンは親切《しんせつ》にも、
あみのある場所《ばしょ》を教えてくれた。
うう、よけいなお世話《せわ》だよ！
「ムラチューは写真《しゃしん》とって」
どんなときも、
指示《しじ》だけはしっかり出す
ユッカだった。

腹《はら》をくくった。

「二、三度目《ど》だからな、おいらは……。それに、おばけと決《き》まったわけじゃないし、ほかのなにかの可《か》能性《のうせい》もあるし……」

自分にそういいきかせて、あみをとり、ガクガクする足を動《うご》かして、庭《にわ》に立った。

ムラチューは部屋《へや》の中でカメラをかまえている。

なんか、不公平《ふこうへい》。

ヒトダマがむきを変え、

おいらをねらってきた。
そのしゅんかん――。

「えーい！」
おいらは思いきり、
あみをかぶせた。
ストロボが、
ピカッと光った。
ところがヒトダマは、
なにもなかったように、
あみをすりぬけた。

なんだ、なんだ、なんだ？
あせったおいらは、
あみをふりまわした。
それでもやっぱり、つかまらない。
うっ。や、やっぱり、
おばけなのか!?
　こんなときは、にげるが勝《か》ちだ。
大いそぎで、イノケンの家に飛《と》びこんだ。

ヒトダマはしばらくふわふわしていたが、
そのうちどこかへ移動《いどう》した。ひょっとしたら、
千川《せんかわ》のほうに行ったのかもしれない。
ムラチューの写真《しゃしん》は失敗《しっぱい》だった。
そのあとしばらく、ユッカがムラチューを
責《せ》めることばがつづいた。
あみもすりぬけ、写真《しゃしん》にもうつらない手ごわいヒトダマだと
思ったのか、イノケンはますますおびえている。
「まあ、待《ま》てよ。こんどはなんとかしてやっからさ」
ほんと、ひとごとじゃない。千川《せんかわ》にも出るんだから、なんとか
しなきゃ、落《お》ちついて魚つりもできない。

こういうときこそ、
ヒラメキを信《しん》じて。
おいらは指《ゆび》を組んだ。
それからおでこに持《も》っていき、
トントントンとたたいた。
すると——。

「そうかあ。ピロローンだぜ！」
早くもひらめいた。
「なにかわかったの？」
ユッカがせっかちにたずねる。
「二つある。ひとつは、
このヒトダマは
イノケンをうらんでいる
わけじゃないってこと。
千川《せんかわ》にも
あらわれるんだから、
死《し》んだ犬は関係《かんけい》ないはずだ」

イノケンの顔色がすこし、明るくなった。
「千川《せんかわ》にあらわれるって？
それ、どういうことよ」
ユッカがいいかけたのを
さえぎるようにしてムラチューが聞いた。
「もうひとつは？」
「犬のほねのリンが発光《はっこう》しているのかも
しれないってことだ」
ま、これで一気に解決《かいけつ》だろうな。
ところが、ムラチューの
冷静《れいせい》さがじゃまをした。

ここに出るヒトダマと、
千川《せんかわ》にあらわれるのが
同じだという証拠《しょうこ》は？
それとリンだけど、
たしかに動物《どうぶつ》の死体《したい》から
リンという物質《ぶっしつ》が発生《はっせい》して
光ったという報告《ほうこく》は
本で読んだことがある。
でも、雨がふるような
じめじめした日でないと
青白い光は
出ないらしいよ。
きょうの予報《よほう》だと
雨はふりそうにないし、
どちらも決《き》め手《て》を
欠《か》くと思うな

このときばかりは、ムラチューをうらんだ。

いつか死《し》んだらヒトダマになって、おどかしてやる。

そんなことを考えていると、知りたかった千川《せんかわ》のことをはぐらかされたユッカがもっともなことをいった。

「とにかく、現場《げんば》百回っていうでしょ。

この庭《にわ》を徹底的《てっていてき》に調《しら》べましょ」

庭《にわ》の照明《しょうめい》がついた。暗《くら》くなると自動的《じどうてき》につくようだ。
おいらたちは分かれて、手がかりをさがした。
いちばんあやしいのは
やはり、犬をうめた場所《ばしょ》だ。
そこはおいらとイノケンが
受《う》けもった。
石がひとつおいてある。
よく見ると、「ジャンボの
おはか」という文字が
読めた。イノケンの
手書きだろう。

イノケンがその墓石《はかいし》に
手を合わせたとき、
ガサッという音がした。
「ジャンボがなにかいってる！
やっぱり、ぼくに
いいたいことがあるんだ！」

イノケンの声におどろいたユッカとムラチューがかけよった。
正直いって、こわいよなぁ。
だけど、ここで正体をたしかめないと、
記者魂《きしゃだましい》の見せ場がない。
ごそごそ……。まだ音がしている。

「出たーー!」

ユッカが悲鳴《ひめい》をあげた。

そこから出てきたのは——。

「あ、ヒキガエル」
　ムラチューのいうとおり、
大きなヒキガエルが
のっそり、はいだしてきた。
そして照明《しょうめい》のほうに、
ずりずり歩いていく。
　そこにはガが、
何びきか飛《と》んでいた。
なんだ、えさとりかよ……。
物音《ものおと》の正体と行き先が
わかって、おいらはほっとした。

ん？　でも待《ま》てよ。なにか、ヒントがありそうな……。
もう一度《ど》指《ゆび》を組み、おでこをトントンたたきはじめた。
すると――。

ピロローン！こんどこそ、ばっちりひらめいたぜ！

さっきとはべつのことに
気がついた。
「なに？　こんどはなによ？」
せっかちにたずねるユッカを
じらすように、
「えーと、それはだなあ……
あしたまた、ここでいうよ。
ちょっと準備《じゅんび》も必要《ひつよう》だしな」

きょうもイノケンち。
ついに、ヒトダマとの
最終対決《さいしゅうたいけつ》のときがきた。
おいらは、使《つか》いなれた自分の
虫とりあみを両手《りょうて》でにぎりしめた。
名誉《めいよ》ばんかいとばかりに、ムラチューも
カメラを持《も》つ手に力をこめた。
「きたわ！」
ユッカがヒトダマの来襲《らいしゅう》をつたえた。
おいらは庭《にわ》に飛《と》びだした。

ヒトダマは頭のすぐ上だ。
それっ、いまだっ！
おいらは、ばつぐんの
タイミングでヒトダマをすくいとった。

ムラチューもばっちり、シャッターを
おした。じまんのカメラには、
「夜景《やけい》モード」というのがある。
その機能《きのう》を見せつけるチャンスだ。
「つかまえたぞ！
ヒトダマのこんちくしょうめ！」

「さてと、ヒトダマの正体を
おがむとするか」
おいらはあみの中に
用意してきた小びんをさしいれた。
「これがヒトダマのかけらだ！」
「えー、虫じゃない！
光ってるけど、まさか、
スリムなホタルがいた……っていうオチじゃないよね？」
ユッカは信《しん》じられないという顔をした。イノケンは、
口をあけたままだ。
「こういうこともあるんだあ」

ムラチューだけが、
うんうんと、うなずいた。

「この虫は、ユスリカの一種《いっしゅ》だと思う。名前が似《に》ているけど、カとちがって人間をさすことはないよ。タナゴつりのえさにするアカムシも、ユスリカの幼虫《ようちゅう》だ」

するとイノケンが、

「だけど、そんなちっぽけな虫がどうして、集団《しゅうだん》でヒトダマみたいな形になって飛《と》んできたんだろう?

しかも、ぼくんちをねらって——」

「なぞをとくヒントは、

さっきのヒキガエルがくれたんだよね。

いまごろは、えさになる

虫たちが活動《かつどう》しやすい
時間帯《じかんたい》だっていうことが、
えさを食べるヒキガエルを
見てわかったんだよね？
この家の近くには
川や池が多いから、
ユスリカはきっと、
そこから
やってきたんだ」
すると――。

「でもさあ、こんなに集《あつ》まって、
なにをするつもりだったのよ」
ユッカが首をひねった。
「まあ、集《しゅう》団《だん》見合いみたいな
もんじゃねえか」
おいらが口をはさむと、
「こいつたち、たぶん、全《ぜん》部《ぶ》オスだと思うよ。一か所《しょ》に集《あつ》まって、
羽《は》音《おと》でメスをよびよせる習《しゅう》性《せい》があるっていうからね」
ムラチューがつけたした。
「ほんとはな、イノケンが最《さい》初《しょ》にいいヒントをくれたんだ。あら
われるのはむしした日の夕方と早朝って、いってただろ。つまり、

〝朝まずめ、夕まずめ〟——ってことだな」

「なによ、それ？」

「朝方と夕方は、魚がえさによく食いつくんだ。

魚つりは、朝方と夕方がいいってことさ。

ヒキガエルと同じで、魚もえさになる虫が活動しやすい時間にめしを食う。

そこをねらえば、よくつれるってことだ」

「ユスリカもその時間帯《じかんたい》に集団飛行《しゅうだんひこう》するらしいんだよ」

ムラチューがいうたびに、イノケンが感心《かんしん》している。

「ユスリカって、ホタルみたいに光るのかしら?」
「想像《そうぞう》なんだけど、光るバクテリアみたいなのが
川や池にいて、ユスリカにくっついたのかも」
「それで光りながら、ふわーっと飛《と》んできたんだあ」
すっかり落《お》ちついたイノケンが、納得《なっとく》したようにいった。
ところが、
「あ、だけど、去年《きょねん》まで出なかったのは　どうして?
やっぱりジャンボが……」
うーん。どうしてまた、そこにもどるんだよ。
と、おいらがいおうとしたとき――。
「今年の夏はむし暑《あつ》いから、

集団《しゅうだん》になる条件《じょうけん》に合う日が多いんじゃない？」

いいぞ、ムラチューー！

「さんぽにつれていってもらえなくても、ジャンボはきっとイノケンが好《す》きだったと思うよ」

イノケンは、ジャンボの墓《はか》のほうをむいて、うなずいた。

「よーし、これで安心《あんしん》して魚つりもできるし、一件落着《いっけんらくちゃく》だな」

といった、そのとき――。

ブワーン！

すきまがあったのか、あみの口から
ユスリカが飛《と》びだしてきた。
「キャー！」
ユスリカの
集団《しゅうだん》がユッカに
まとわりついた。
おいらは、
すかさずさけんだ。

「そいつら、ユッカが
気に入ったみたいだぜ。
全部《ぜんぶ》、オスだぞ。よー、モテモテ！」
ムラチューはにこにこしながら、
カメラのシャッターに指《ゆび》をかけた。

アカムシは
名前《なまえ》のとおり
赤いから、
アカボウフラとも
よぶよ
アカムシって、
「赤ちゃん虫」っていう
意味《いみ》かと思ってた！

ユスリカ

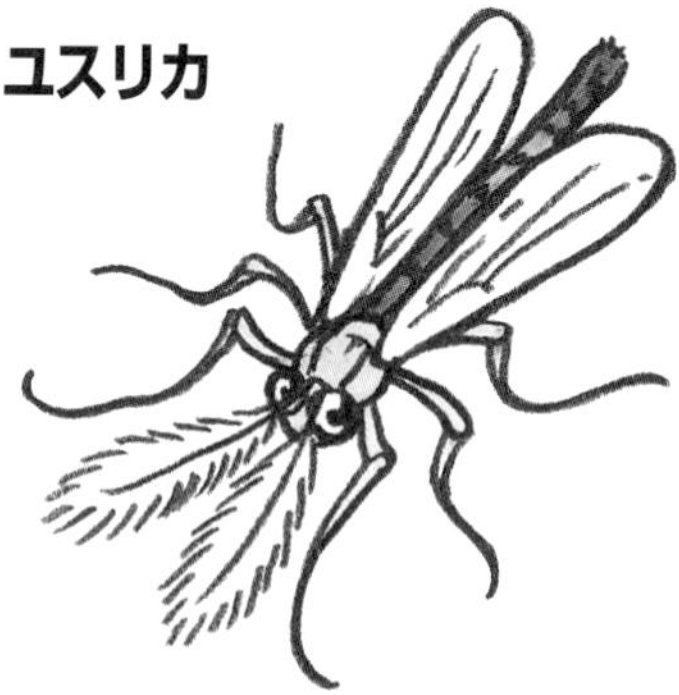

・日本《にっぽん》に１０００種《しゅ》ぐらいいるが、
蚊《か》とちがって ささない。
・幼虫《ようちゅう》がからだをゆするために、
「ゆすり蚊《か》」となったらしい。
・テナガエビをつるなら、幼虫《ようちゅう》（アカムシ）
をえさにするのがいちばんだ。

★なぞの手紙★
ゴキカムリからの挑戦状《ちょうせんじょう》よ！
葉《は》っぱの虫食いや毛虫、イモムシの絵がヒントだと思うんだけど……
くっ　いね　いいにく
いいこい　いいくうき
いしも　けんも　をもい
モモ小のしょくん、この手紙が読めるかな？
みごと　といてみるがいい。
ピロローン！わかったぞー！みんなは読めたかな？

【答え】「常《つね》に好奇心《こうきしん》を」。毛虫の「け」、イモムシの「い」「も」、虫食いの「く」「い」を飛ばして（無視《むし》して）読む。

【作者】谷本雄治（たにもと　ゆうじ）

1953年、愛知県に生まれる。

記者として活躍する一方、“プチ生物研究家”として野山をかけめぐる。

ヘンなむしとのつきあい、多数。

著書に『谷本記者のむしむし通信』（あかね書房）、『ユウくんはむし探偵』シリーズ（文溪堂）、

『いもり、イモリを飼う』（アリス館）、『蛾ってゆかいな昆虫だ!』（くもん出版）、

『カブトエビの寒い夏』（農山漁村文化協会）などがある。

【画家】やないふみえ

1983年、福島県に生まれる。
文星芸術大学油画コース・大学院修了。
美術館で非常勤学芸員の仕事をしながら作品を描き続け、個展などで発表している。
美術館では、子ども向けパンフレットの挿画や、
イメージキャラクターの「ジンジャくん」のデザインも手がける。
児童書の挿画はこの作品が初めて。

【装丁】 VOLARE inc.

百川《モモンガ》小学校ミステリー新聞・3
なぞのチョコレート事件《じけん》
【発　行】2011年2月25日　初版発行

【作　者】谷本雄治
【画　家】やないふみえ
【発行者】岡本雅晴
【発行所】株式会社あかね書房
〒101-0065　東京都千代田区西神田 3-2-1
電話　03-3263-0641（営業）　03-3263-0644（編集）
http://www.akaneshobo.co.jp
【印刷所】錦明印刷株式会社
【製本所】株式会社ブックアート

NDC913 145P 18cm
ISBN 978-4-251-04503-4

百川《モモンガ》小学校ミステリー新聞シリーズ
谷本雄治・作　やないふみえ・絵

1. 青いハートの秘密《ひみつ》
森の木がきばをむいた……!?
なぞの事件《じけん》を追《お》いかける、
“モモンガ新聞”3人組!
あっとおどろく真犯人《しんはんにん》とは……!?
3話入っておもしろさ3倍《ばい》!

2. 天使《てんし》の恋《こい》占《うらな》い
如月《きさらぎ》リョウの恋占《こいうらな》いで、
空から天使《てんし》の羽根《はね》がふり、
両思《りょうおも》いになれる!?
“モモンガ新聞”記者《きしゃ》3人は、
占《うらな》いのなぞにいどむ!

3. なぞのチョコレート事件《じけん》
先生《せんせい》にプレゼントするチョコがあらされた!
うたがわれたユッカのために
“モモンガ新聞”が調査《ちょうさ》を開始《かいし》。
なぞのエビフライ発見《はっけん》でひらめいた……!?
いっしょに犯人《はんにん》を見つけよう!

モモンガ新聞特《とく》別《べつ》版《ばん》

スクープ

玉チョコばらまき事件《じけん》の真相《しんそう》明《あき》らかに!!

げんかんから二階《かい》の階段《かいだん》下にかけてちらばっていた「ばらまき玉チョコ」のなぞがついに解《と》けた。人さわがせな事件《じけん》の〝犯《はん》人《にん》〟はなんと、「生きものハウス」からにげたウサギの「ピョン吉《きち》」だった。

　三年一組の大沢《おおさわ》ひとしくんがきのう、またまたにげだしたピョン吉《きち》をげんかんで見つけてつかまえたところ、おしりからポロポロとこぼれおちるものがあった。それを見て大沢《おおさわ》くんは、「玉チョコの正体はこれだ！」と気がついたという。

　『モモンガ新聞』ではこれまで、「校内で玉チョコを見つけても食べないで！」とよびかけてきたが、これでひと安心。さびついた「生きものハウス」のかぎは、さっそく新しいものに替《か》えてもらった。

編《へん》集《しゅう》長《ちょう》のインタビュー

　飼育係代表《しいくがかりだいひょう》の杉村唯人《すぎむらゆいと》くん（六年二組）に聞いた。

——ピョン吉《きち》くんは反省《はんせい》してますか？

そうでもないよ。なんとかして、またにげようとしているみたい。

——玉チョコを見てすぐ、ふんだとわからなかった？

う、うん。ふつうは、かたまってるからね。

——事件後《じけんご》、ピョン吉《きち》くん人気が高まったとか？

ふんをほしがる子もいるんだ。ニスをぬって、ペンダントにした子もいたりしてね。